Claire Rayner

Ich wachse jeden Tag ein Stück

Das farbige Bilderbuch vom Körper

Illustrationen Tony King
Deutsch von Wolfgang Rhiel

C. Bertelsmann Verlag

Die englische Originalausgabe erschien unter dem Titel
"The Body Book" bei G. Whizzard Publications Ltd./
André Deutsch, London 1978

Satz Mohndruck Reinhard Mohn OHG, Gütersloh
Druck- und Bindearbeiten new Interlitho (S.P.A.)
ISBN 3-570-05703-8. Printed in Italy.

Inhalt

Zu diesem Buch

Kinder im Vorschul- und frühen Schulalter, für die dieses Buch gedacht ist, leben noch in ihrer eigenen Welt. Die realen Gegebenheiten des Lebens vermischen sich ihnen mit eigentümlichen, bisweilen phantastischen oder märchenhaften Vorstellungen. Aber sie sind auch wißbegierig, voller Entdeckerfreude, und möchten Fragen auf den Grund gehen. Eines der interessantesten Dinge für das Kind – ein immer bereites Spielzeug – ist der eigene Körper. Das erste, womit der Säugling in der Wiege spielt, sind seine Fingerchen. Für das Kleinkind ist nicht nur das Essen eine höchst interessante Beschäftigung, sondern auch das Erlernen der Kontrolle über Darm- und Blasenentleerung. Welch ein Triumph, kann man den Körper so beherrschen, daß er einem Drang erst dann nachgibt, wenn der dazu geeignete Ort aufgesucht ist. Welch aufregende Erfahrung, die erste kleine Verletzung, bei der Blut austritt.

Gemessen an der Zeit, in der Menschen auf der Erde leben, ist die Wissenschaft vom menschlichen Körper noch sehr jung. Zwar gibt es bereits in vorgeschichtlicher Zeit in Grabfunden Beweise für Eingriffe am menschlichen Körper, aber magische Vorstellungen und die Scheu vor dem Numinosen hinderten die Menschen jahrtausendelang, die Toten zu sezieren und zu erforschen, wie der Körper detailliert funktioniert hatte. Erst um die Wende des fünfzehnten zum sechszehnten Jahrhundert gelang es Leonardo da Vinci die geistigen Tabus und kirchlichen Verbote zu unterlaufen und ganze Skizzenbücher mit außerordentlichen Bildern zu füllen:
Er hat das Herz, die Klappen, den Verlauf der Blutgefäße und sogar den Fötus in der Gebärmutter untersucht und meisterhaft gezeichnet. Zwar wurden seine Darstellungen nur einem kleinen Personenkreis zugänglich, aber schon ein halbes Jahrhundert später erschienen in schneller Folge anatomische Atlanten. Und der Frage: woraus besteht der Mensch? folgte alsbald die Frage: wie arbeitet der menschliche Körper?

Unsere Kinder, in einer Hochzivilisation aufgewachsen und von so verschiedenartigen Reizen überflutet wie keine Generation von Kindern vor ihr, nehmen es als selbstverständlich hin, daß sie zunächst überall auf Tatbestände stoßen, die sie sich nicht oder nur ungenügend erklären können – oder sie finden nur Teilbereiche verständlich. Das Ergebnis sind zuweilen wunderliche Vorstellungen von natürlichen Gegebenheiten oder Abläufen.

Das vorliegende Buch stellt den menschlichen Körper und seine Funktionen so genau dar, wie es das kindliche Naturverständnis der Vier- bis Siebenjährigen aufnehmen und verarbeiten kann. Doch es geht über die rein physiologischen Tatsachen weit hinaus. Verständnisvoll und in schlichten Worten erklärt es dem Kind, wie auf Geburt, Heranwachsen, Erwachsensein und Zeugung im natürlichen Kreislauf von Werden und Vergehen Alter und Tod folgen. Der schmerzliche Verlust eines nahestehenden Menschen – in den Großfamilien früherer Zeiten auch jüngeren Kindern eine vertraute Erfahrung – stellt Eltern heute oft vor die ungewohnt schwierige Frage nach einer Erklärung. Unser Buch geht auch auf dieses Problem ein und gibt Anhaltspunkte, auf welche die Eltern aufbauen können.

Dr. med. Edith Mundt

Drinnen und Draußen

Die Menschen brauchen Nahrung.
Deine Arme und Beine, deine Augen und Ohren, dein Kopf und deine Füße, alle sind angewiesen auf die Nahrung, die du aufnimmst.
Nahrung ist also für den Menschen, was Sonne und Wasser für die Blumen im Garten sind.

Menschen leben von der Nahrung.
Damit du deine Arme und Beine bewegen, mit deinen Augen schauen und deinen Ohren hören, mit deinem Kopf denken und deinen Füßen hüpfen kannst, brauchst du Nahrung.
Nahrung ist also für den Menschen wie Benzin für das Auto.

Und so verwandelt sich die Nahrung in dir:
Nimm ein paar Nüsse und Rosinen.
Deine Zähne zerkleinern sie.
Deine Zunge vermischt sie miteinander.
Deine Spucke macht sie weich und glatt.
Das tun auch die Getränke, Limonade und Orangensaft, Wasser und Milch. Wenn dann alles ein schöner Brei ist, schluckst du es hinunter.

Drinnen in dir fällt es nicht einfach nach unten. Es wird durch einen geschmeidigen Schlauch gedrückt. Mit so viel Kraft, daß die Nüsse und Rosinen sogar dann in deinen Magen wandern, wenn du beim Essen auf dem Kopf stehst.

Dein Magen ist ein weicher, starker Beutel, direkt unter deinen Rippen, wo dein Bauch anfängt. In deinem Magen werden die Nüsse und Rosinen durch besondere Magensäfte noch weicher.

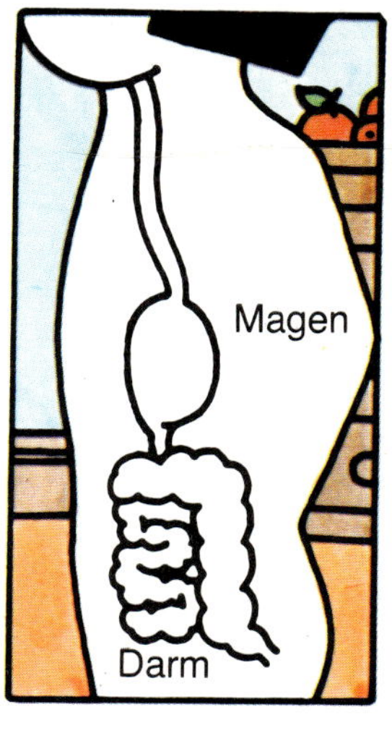

Dein Magen vermengt die Nahrung, indem er sie quetscht und knetet. Halte dein Ohr jemandem an den Bauch, der gerade gegessen hat. Du wirst hören, wie es 'quietsch' und 'quatsch' macht.

Wenn du etwas hinunterschluckst, schluckst du manchmal Luft mit. Wenn dann dein Magen das Essen vermischt, wird die Luft wieder hinausgedrückt. Sie gluckst durch die Speiseröhre, durch die sie gekommen ist, zurück nach oben und kommt zum Mund heraus.
Das ist ein Rülpser.

Es kommt vor, daß jemand zu viel ißt und sein Bauch zu voll ist.

Es kommt vor, daß jemand krank ist und sein Magen das Essen nicht vermischen will.
Dann drückt der Magen das Essen dorthin zurück, woher es gekommen ist, durch die Speiseröhre und aus dem Mund hinaus.
Dann ist man krank.

Wenn die Nüsse und Rosinen ganz weich und miteinander vermischt sind, sehen sie wie eine dicke Suppe aus. Dann drückt der Magen sie in deinen Darm, der auch wie ein Schlauch ist.

Jetzt wird das Essen aussortiert. Von einigem wirst du immer größer.

Von einigem bewegen sich deine Arme und Beine.

Der Rest ist zu gar nichts zu gebrauchen.

Die nützlichen Teile sind jetzt winzig klein. So klein, daß sie sich durch die Wände des Darms drücken können, um in dein Blut zu gelangen.

Blut fließt überall durch deinen Körper.
Es befördert viele verschiedene Dinge zu verschiedenen Stellen deines Körpers.
Es befördert die nützlichen Teile deiner Nüsse und Rosinen.

Die Reste der Nüsse und Rosinen sind immer noch in deinen Eingeweiden. Sie werden langsam durch den langen Darm gedrückt, immer weiter nach unten, vorbei an deinem Bauchnabel.
Sie sind unterwegs zu deinem Hinterteil.

Auf ihrem langsamen Weg wird etwas von dem Wasser, das die Nüsse und Rosinen glitschig gemacht hat, hinausgepreßt.

Ein Teil des Wassers wird weiter gebraucht und geht ins Blut. Was zuviel ist, wandert an einen besonderen Ort, die Nieren.

Sie sind auf beiden Seiten der kleinen Knochen deines Rückgrats. Die Nieren verwandeln das Wasser in Pipi. Richtig heißt das Urin. Was deine Nieren umgewandelt und abgesondert haben, wird in einem dehnbaren Beutel aufbewahrt, in der Blase.

Sie ist ganz unten in deinem Bauch.

Wenn die Blase voll ist, mußt du auf die Toilette.
Dort preßt die Blase das Wasser hinaus.

Jetzt ist immer noch etwas von den Nüssen und Rosinen in deinem Darm. Es ist dick und braun und klebrig. Es stinkt auch etwas, weil alles Abfall ist. Während es weiterwandert, kommen darin manchmal Luftblasen hoch. Sie wandern alle zu deinem Hinterteil und zwängen sich durch das kleine Loch dort nach draußen.

Weil das Loch klein ist, macht die Luft manchmal ein lustiges Geräusch, wenn sie herauskommt. Sie stinkt auch, weil sie mit dem Abfall zusammen war.

Puuh!

Wenn der Abfall zu dem kleinen Loch kommt, mußt du wieder zur Toilette gehen.
Dein Darm knetet und knetet und preßt den Abfall hinaus.

Gewöhnlich hat er die Form des Schlauches, aus dem er herauskommt.

Wenn es dir einmal nicht gut geht und dein Bauch weh tut oder dein Darm es eilig hat, kommt der Abfall wie Wasser heraus.

Die Nüsse und Rosinen brauchen einen ganzen Tag für den Weg durch deinen Körper, vom Mund bis zum Hinterteil. Aber du brauchst zum Wachsen und Spielen so viel Nahrung, daß du mehrmals am Tag essen möchtest.

Ist es nicht herrlich, daß etwas so Wichtiges wie das Essen so viel Spaß macht?

Was ist das?
Du kannst es nicht sehen,
nicht anfassen,
nicht hören . . .
Aber nicht ohne es leben.

Luft!

Atmen und Sprechen

Luft ist genauso wichtig wie Nahrung.
Sie kommt durch Mund und Nase in dich hinein.
Im Innern deiner Nase sind kleine Haare. Sie halten alle Staub- und Schmutzteilchen aus der Luft fest. Die Teilchen vermischen sich mit der schleimigen Feuchtigkeit, die deine Nase innen weich und glatt hält. Sie werden zu den kleinen schwarzen Kugeln, die man Popel nennt.
Deine Nase hilft also mit, die Luft zu reinigen, die du atmest.

Manchmal sind Bakterien in der Luft, die dich krank machen. Ganz oben in der Nase, wo du sie nicht sehen kannst, sind die Polypen. Sie helfen dir, die Bakterien wieder loszuwerden, die da hineinkommen. Ganz hinten im Mund sind die Mandeln. Auch sie helfen, die Bakterien loszuwerden.

Atme ein . . . die Lunge wird größer.

Manchmal sind die Mandeln und Polypen so voll mit Bakterien, daß sie ihre Arbeit nicht mehr schaffen. Dann nimmt der Doktor sie in einem Krankenhaus heraus.

Die Luft kommt durch Nase und Mund herein und geht dann durch die Luftröhre hinunter in deine Lunge.
Die Lunge sieht aus wie ein Schwamm. Sie ist voll winziger Bläschen. Wenn du einatmest, dehnt sich dein Brustkorb. Die Bläschen füllen sich mit Luft.

Ein Teil deines Blutes fließt an den Bläschen vorbei und nimmt dort gute, saubere Luft auf. Mit dem Blut gelangt die Luft überallhin in deinem Körper. Das Blut bringt die verbrauchte Luft zur Lunge zurück, in die Bläschen. Wenn du dann ausatmest, sinkt deine Brust zusammen und die Bläschen werden zusammengedrückt. Die verbrauchte Luft wird hinausgepreßt. Sie steigt durch die Luftröhre nach oben und gelangt durch Nase und Mund wieder hinaus.

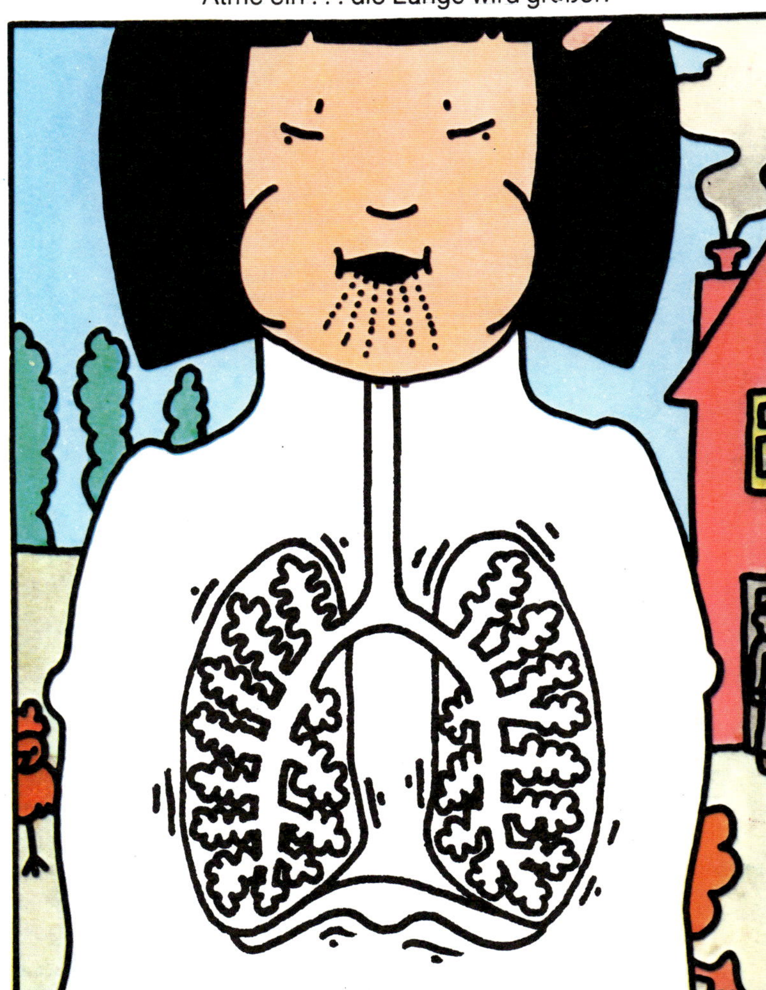

Atme aus . . . die Lunge wird kleiner.

Manchmal kommen Staub und andere Teilchen aus der Luft in deinen Hals und wandern in die Lunge.

Manchmal erkältest du dich durch Bakterien.
Dann ist besonders viel Schleim in deiner Nase und deinem Hals.

Das alles ist der Atemluft im Weg. Sie kann nicht leicht hinein und heraus. Deshalb mußt du husten.

Beim Husten atmest du zuerst tief ein. Dann atmest du sehr schnell und sehr heftig aus. Das treibt den Staub oder den Schleim, der im Weg war, hinaus.

Husten ist einfach.
Du kannst husten, wann du willst.
Aber wie ist es mit dem Niesen?
Du kannst dich nicht selbst zum Niesen bringen.

Niesen kommt ganz von allein, wenn etwas deine Nase oder deinen Hals kitzelt. Du atmest auch tief ein und schnell aus. Aber so kräftig und so schnell, daß es deine Nase und deinen Hals freibläst.

Haa . . . . . . tschi!

Etwas, das auch ganz von allein kommt, ist der Schluckauf.

Das sind kleine, stoßartige Atemzüge. Sie sind zu klein, um Luft richtig in die Lunge hinein oder aus ihr heraus zu lassen. Wenn du dich nicht darum kümmerst, verschwindet der Schluckauf meist so schnell, wie er gekommen ist.

Schluckauf

Gähnen

Manchmal brauchst du etwas mehr Luft, weil du müde bist. Dann atmest du mit weit geöffnetem Mund ganz tief und langsam ein, um viel Luft zu bekommen.
Das ist Gähnen.

Manchmal brauchst du sehr viel mehr Luft. Vielleicht mußt du rennen, um einen Bus zu bekommen. Dann mußt du viel tiefer und schneller atmen.
Wenn du dann den Bus erreicht hast, mußt du vielleicht immer noch besonders schnell atmen, um alle Luft wieder zu ersetzen, die du beim Laufen verbraucht hast.

Luft braucht man für viele Dinge, zum Beispiel zum Laufen.
Und zum Sprechen.

In deiner Luftröhre sitzt der Kehlkopf. Darin sind zwei glatte, dehnbare Bänder. Wenn Luft über sie hinwegstreicht, schwingen sie. Dadurch erzeugen sie einen Ton. Wenn du sprichst, dehnen sich die Stimmbänder verschieden stark aus.
Dadurch erzeugen sie unterschiedliche Töne.
Wie viele verschiedene Töne kannst du mit deiner Stimme bilden?

UM

UMMM

UMMMM

Je nachdem wie du deinen Mund formst, ändern sich auch die Töne.
Wie viele verschiedene Töne kannst du mit deinem Mund bilden?

Aa

Oo

Ee

Uu

Ii

Wenn du deine Zähne, deine Zunge und auch deine Lippen gebrauchst, kannst du noch viele andere interessante Töne bilden. Wie viele Töne kannst du mit deinen Zähnen, deiner Zunge und deinen Lippen bilden?

Ba Ba Ba Ba Ba Ba Ba

Ta Ta Ta Ta Ta Ta Ta

Ss Ss Ss Ss Ss Ss Ss Ss

La La La La La La La La

Da Da Da Da Da Da Da

Mum Mum Mum Mum

Ba Ba Ba Ba Ba Ba Ba

Ta Ta Ta Ta Ta Ta Ta

Ss Ss Ss Ss Ss Ss

La La La La La La

Da Da Da Da Da

Mum Mum

Wenn du deine Kehle zu Hilfe nimmst, kannst du sehr gut Töne bilden. Wie viele Töne kannst du mit deiner Kehle bilden?

Ka Ka Ka Ka
Ga Ga Ga Ga
Ch Ch Ch Ch

Wenn du gelernt hast, wie man all diese verschiedenen Töne bildet, dann hast du gelernt zu sprechen.
Wenn du gelernt hast, deine Stimme tief und hoch klingen zu lassen, dann hast du gelernt zu singen.
Wenn du gelernt hast, so leise zu sprechen, daß du es kaum hören kannst, dann hast du gelernt zu flüstern.

Das Schreien müssen Kinder nicht lernen.
Das können sie von Geburt an.

Manche Leute können pfeifen.
Viele können es nicht.
Pfeifen tust du nur mit deinem Mund, nicht mit deiner Stimme. Du machst mit deinen Lippen ein winziges Loch, dann bläst du Luft an deinen Zähnen vorbei durch dieses kleine Loch, so daß es einen hohen Ton gibt wie von einem Vogel.

Durch die Lippen zu blasen, ist sehr nützlich.
Wenn du ein kleines Loch machst, und fest bläst, ist die Luft, die herauskommt, kalt. Damit kannst du auch Heißes wegblasen. Deshalb bläst du auf die heiße Milch, damit sie kalt wird zum Trinken.

Wenn du deinen Mund weit aufmachst und langsam hauchst, kommt die Luft ruhig und warm aus deiner warmen Lunge. Deshalb bläst du dir an kalten Tagen in die Hände.

Die Luft, die du an einem Wintertag ausatmest, kannst du sehen. Sie sieht wie eine kleine, weiße Wolke aus. Das kommt daher, daß die Luft etwas Feuchtigkeit aus deiner Lunge mitbringt. Sie wird zu winzigen Wassertröpfchen, sobald die kalte Luft sie berührt.

Ist es nicht spannend, daß etwas, das du nicht sehen, nicht anfassen und nicht hören kannst, so viel kann?

Wie das Herz schlägt und das Blut fließt

In dir schlägt etwas wie eine Trommel, schon bevor du auf die Welt kommst.

Steck dir die Finger in die Ohren, mach deine Augen fest zu und horche. Du wirst das Schlagen hören: bum, bum, bum.
Das Pochen kommt von deinem Herzen. Es sitzt in deiner Brust, in der Mitte, und neigt sich etwas zur Seite hinüber. Dein Herz ist ziemlich groß.
So groß wie deine geballte Faust. Auch das Herz eines Erwachsenen ist so groß wie seine geballte Faust. Jeder hat das Herz, das zur Größe seines Körpers paßt.
Dein Herz schlägt, weil es eine Pumpe ist.
Es pumpt das Blut durch deinen Körper.
Es arbeitet Tag und Nacht.
Es steht nie still.
Pumpen, Pause, pumpen, Pause, pumpen, Pause.
Bum, bum, bum.
Wie pumpt es das Blut durch den Körper?

Von deinem Herzen gehen ein paar sehr dicke Röhren aus.
Von denen gehen dünnere aus.
Von diesen sogar noch dünnere.
Und dann gibt es noch ein paar ganz, ganz dünne.
Dann kommen ein paar dickere.
Dann ein paar ganz dicke.
Und die gehen wieder zu deinem Herzen zurück.

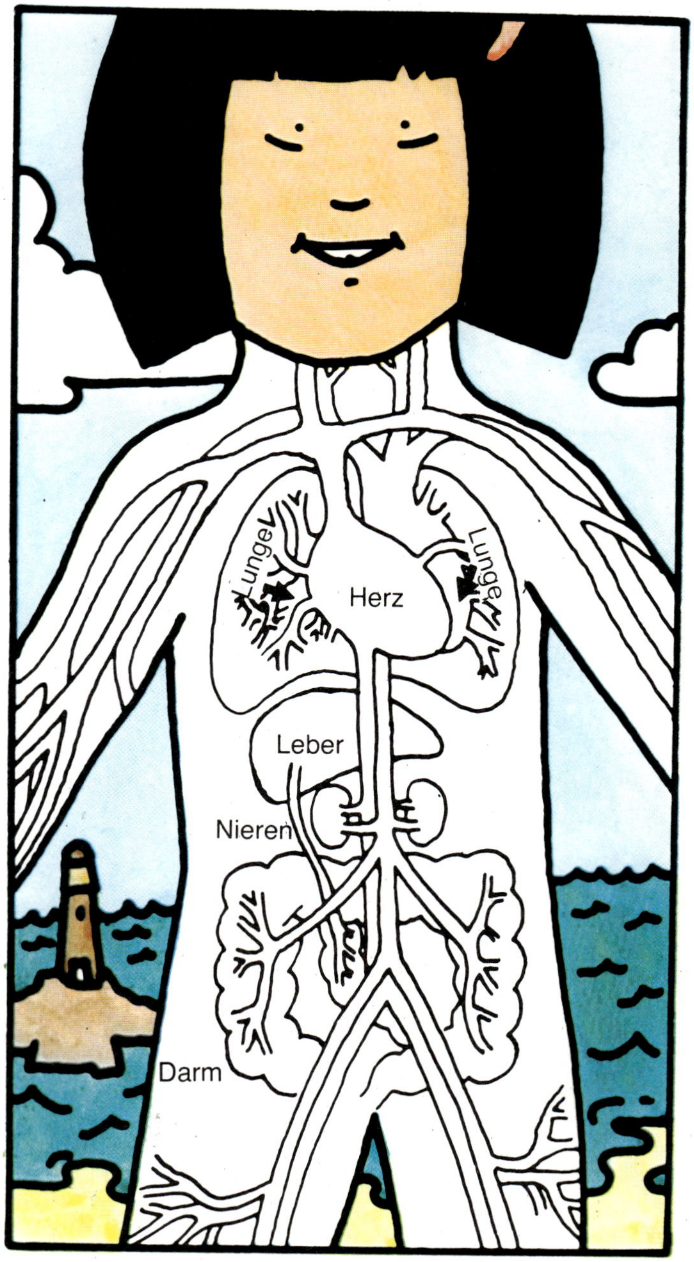

Dein Blut fließt also immer und immer wieder im Kreis, ohne Unterlaß. Manchmal kannst du am Handgelenk eines anderen sehen, wie das geht. Nicht an deinem eigenen, weil die Blutgefäße von Kindern kaum zu sehen sind.

Betrachte einmal das Handgelenk eines Erwachsenen. Du siehst blaue Linien. Das sind Blutgefäße, die man Venen nennt. Fahre mit dem Finger über eine Vene nach unten zur Hand hin.

Siehst du, wie das Blaue verschwindet? Das ist das Blut. Jetzt laß los.
Siehst du, wie das Blaue wiederkommt?
Der Herzschlag hat es wieder hineingedrückt.
So kommt das Blut in jeden Teil deines Körpers.
Das muß es auch, denn das Blut befördert all die Dinge, die dein Körper braucht.

Wenn deine Ohren etwas Nahrung und Luft brauchen, damit sie hören können, bringt dein Blut es dorthin.
Wenn dein großer Zeh etwas Nahrung und Luft braucht, damit er wackeln kann, bringt dein Blut es dorthin.

Weißes Blutkörperchen

Rotes Blutkörperchen

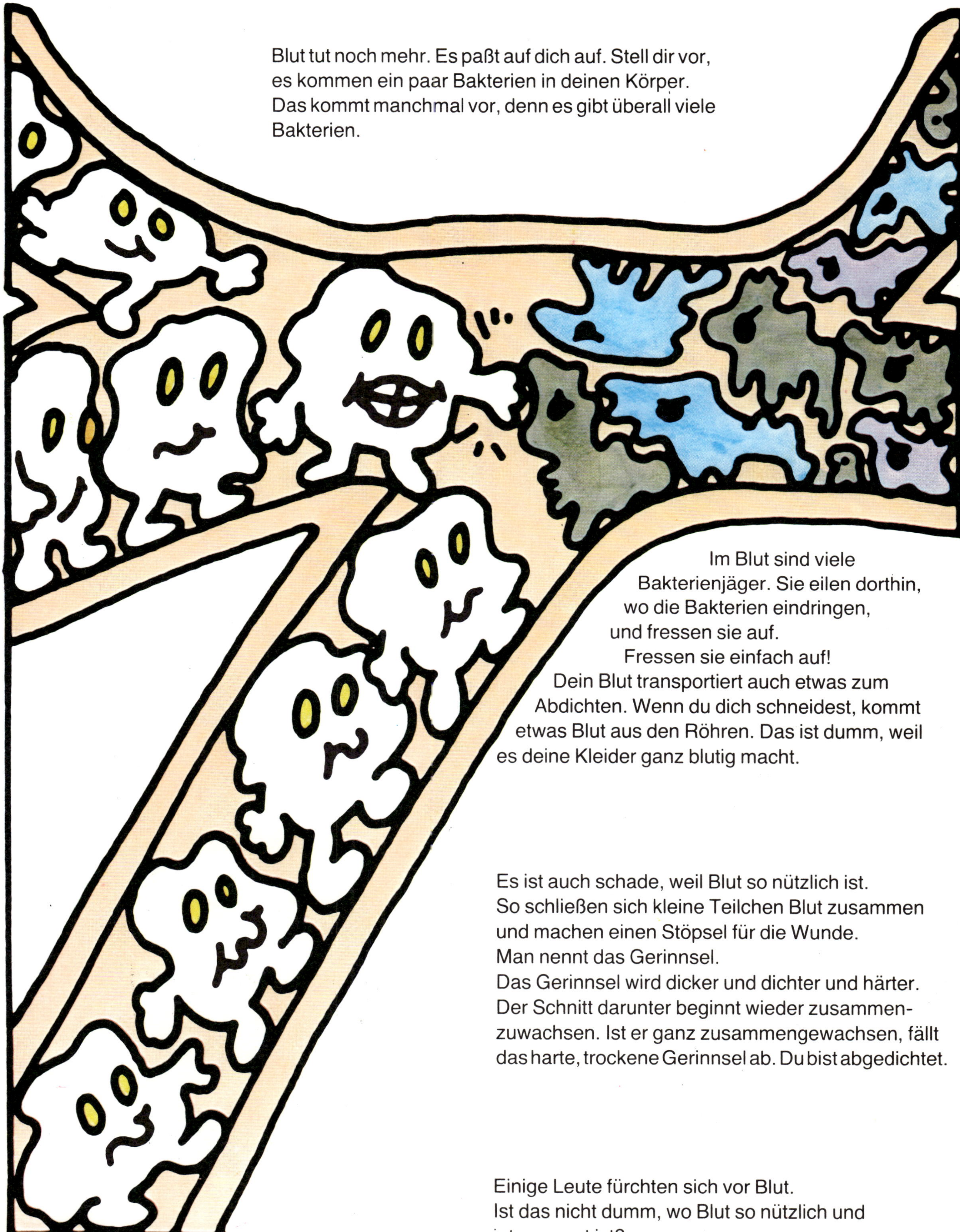

Blut tut noch mehr. Es paßt auf dich auf. Stell dir vor, es kommen ein paar Bakterien in deinen Körper. Das kommt manchmal vor, denn es gibt überall viele Bakterien.

Im Blut sind viele Bakterienjäger. Sie eilen dorthin, wo die Bakterien eindringen, und fressen sie auf. Fressen sie einfach auf!
Dein Blut transportiert auch etwas zum Abdichten. Wenn du dich schneidest, kommt etwas Blut aus den Röhren. Das ist dumm, weil es deine Kleider ganz blutig macht.

Es ist auch schade, weil Blut so nützlich ist. So schließen sich kleine Teilchen Blut zusammen und machen einen Stöpsel für die Wunde. Man nennt das Gerinnsel. Das Gerinnsel wird dicker und dichter und härter. Der Schnitt darunter beginnt wieder zusammenzuwachsen. Ist er ganz zusammengewachsen, fällt das harte, trockene Gerinnsel ab. Du bist abgedichtet.

Einige Leute fürchten sich vor Blut. Ist das nicht dumm, wo Blut so nützlich und interessant ist?

Laufen, Springen und Stillstehen

Skelette sind gar nicht furchterregend.
Auch du hast eins.
Fasse deinen Finger ganz leicht. Er fühlt sich weich an. Fasse ihn jetzt fester. Er fühlt sich hart an.
Das Harte ist ein Knochen. In deinem Körper hast du über zweihundert Knochen.
Einige sind sehr lang und dick. Die in deinen Beinen, vom Po bis zu den Knien, sind lang und dick.
Einige sind sehr klein und dünn. Die ganz vorn in deinen kleinen Zehen sind klein und dünn.

Einige sehen überhaupt nicht wie Knochen aus.
Schau in deinen Mund.
Kannst du deine Zähne sehen?
Sie sind eine Art Knochen.

Schmecken, Riechen, Sehen, Hören und Fühlen

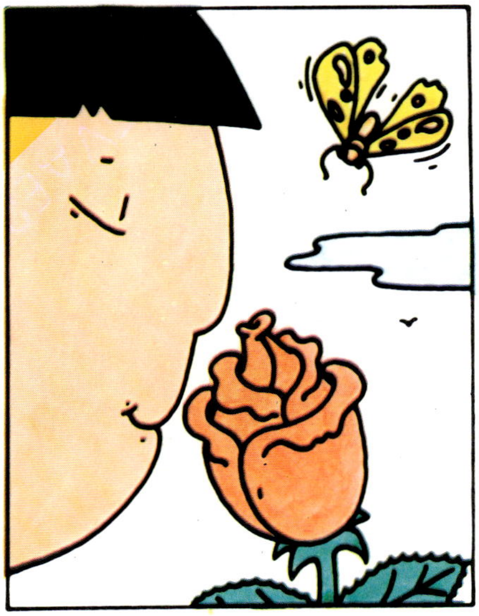

Mmm!

Du kannst mehr herausfinden als ein Detektiv, wenn du nur ein bißchen deinen Körper fragst. Du kannst herausfinden, ob das Essen gut ist. Du brauchst nur daran zu riechen. Wenn es verdorben ist, riecht es schlecht, und deine Nase sagt es dir.

Gerüche ziehen durch die Luft und in deine Nase, wenn du atmest.
Gerüche kann man nicht sehen.
Sie sind wie die Luft, unsichtbar.
In deiner Nase hast du besondere Geruchssammler. Sie schicken den Geruch eine Bahn entlang, die man Nerv nennt.
Der Nerv führt in dein Gehirn.

Puuh!

Dein Gehirn denkt über den Geruch nach.
Wenn es der Duft eines guten Essens ist, macht das Gehirn dich hungrig. Dein Mund füllt sich mit Spucke, damit du die duftende Speise essen kannst.

Ist es der Duft des Parfüms, das deine Mutter nimmt, macht dich das Gehirn glücklich, wenn deine Mutter bei dir ist. Oder ein wenig einsam, wenn sie nicht da ist.

Ist es ein schlechter Geruch, rät dir dein Gehirn, die Nase zu rümpfen oder die Hand davorzuhalten. Manchmal bringt es dich dazu, die Luft mit dem schlechten Geruch wegzublasen. Deshalb machen alle ,,puuh!'', wenn es stinkt. Dies ist eine Art Wegblas-Wort.

Njam!

Geruch und Geschmack gehören zusammen.
Wenn ein Essen gut riecht, schmeckt es meistens auch gut. Wenn du nicht riechen kannst, was du ißt, schmeckt es nicht so gut. Die Geruchs- und die Geschmacksnerven arbeiten eben gern zusammen.

Das Schmecken beginnt auf deiner Zunge.
Deine Zungenspitze nimmt besonders den Geschmack von süßen Sachen auf.
Zum Beispiel von Honig.

In der Mitte und an den Seiten nimmt deine Zunge den Geschmack von sauren Sachen auf. Zum Beispiel von Zitronenscheiben. Hinten nimmt deine Zunge den Geschmack von bitteren Sachen auf. Zum Beispiel von der bitteren Schokolade, die die Erwachsenen essen.

Wenn du noch klein bist, hast du meistens den Vorn-auf-der-Zunge-Geschmack am liebsten. Erwachsene haben oft den Mitten-und-hinten-auf-der-Zunge-Geschmack am liebsten.

Deine Nase nimmt Gerüche auf. Deine Zunge nimmt Geschmack auf. Was nehmen deine Augen auf?

Licht

Sie nehmen es durch ein kleines rundes Fenster in der Mitte deines Auges auf, die Pupille. Wenn das Licht sehr hell ist, zieht sich die Pupille zusammen. Bei Dämmerlicht öffnet sie sich.

Stell dich an einen dunklen Ort und betrachte deine Augen in einem Spiegel. Die Pupille ist jetzt weit geöffnet. Geh dann an einen helleren, sonnigeren Platz. Dann siehst du , wie die Pupille kleiner wird.

Augen sind sehr gescheit.
Sie können all die verschiedenen Muster von Licht und Schatten, all die verschiedenen Farben und Formen aufnehmen.

Sie tun dies auf eine ganz lustige Art.
Sie nehmen alles verkehrt herum auf.

So ist das Bild, das du siehst, im Innern deines Auges.

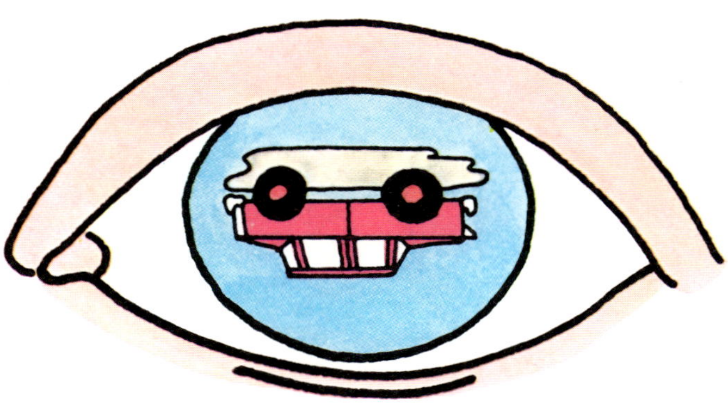

So ist das Bild, das du siehst, im Innern deines Gehirns.
Dein Gehirn dreht das Bild richtig herum.

Deine Ohren nehmen Töne auf.
Töne entstehen durch schnelle Bewegungen der Luft. Diese Bewegungen nennt man Schwingungen. Die Schwingungen kommen zuerst an den äußeren Teil deines Ohrs, die Ohrmuscheln.

Dann dringen sie in den Gang in deinem Ohr ein.

Am hinteren Ende des Ganges befindet sich ein Stück Haut, das so stramm gespannt ist wie das Fell einer Trommel.

Wenn die Schwingungen auf das Trommelfell treffen, schwingt dies ebenfalls. Dann dringen die Schwingungen tiefer in das Ohr und bringen ein paar winzige Knochen zum Schwingen.
Zum Schluß kommen die Schwingungen zu deinem Gehirn, und das erkennt, daß es Töne sind.

Ohren und Augen arbeiten gern zusammen. Du verstehst besser, was jemand sagt, wenn du seinen Mund beobachten kannst.

Du kannst mit deinem ganzen Körper fühlen.

Deine Arme oder Beine, deine Füße, Knie oder dein Hinterteil kannst du benutzen, um herauszubekommen, ob etwas heiß oder kalt, hart oder weich ist.

Aber einige Teile deines Körpers sind dazu besonders gut geeignet.

Zum Beispiel deine Fingerspitzen und die Zungenspitze. Babys fühlen am liebsten mit der Zunge. Deshalb nehmen sie alles in den Mund.

Eine ganz leichte Berührung ist wie ein Kitzeln, eine harte Berührung wie ein Schmerz.

Die meisten Menschen mögen keine Schmerzen, trotzdem sind sie sehr nützlich.

Stell dir vor, du könntest deine Hand in ein Feuer halten, ohne es zu merken. Dann würdest du deine Hand nicht zurückziehen und dich böse verbrennen.

Weil es weh tut, ziehst du deine Hand ganz schnell zurück. Dann ist sie außer Gefahr.

Schmerzen sind sehr nützlich, weil sie auf Gefahren hinweisen und uns warnen.

Dein ganzer Körper eignet sich dazu, etwas über die Dinge herauszufinden.

Au! Ah!

Brr! Uuh!

Denken und Empfinden

In deinem Kopf geschehen die aufregendsten Dinge der Welt. Dort ist nämlich dein Gehirn. Dein Gehirn hat viel zu tun.

Es sorgt für deinen Körper. Es sagt ihm, was er zu tun hat.

Es sagt deinem Magen, er soll das Essen quetschen und kneten.
Es sagt deinem Herzen, es soll wie eine Trommel schlagen. Es sagt dir, wie du laufen und springen und stillstehen mußt.

Wie sorgt dein Gehirn für deinen Körper?

In deinem Gehirn sind viele, viele kleine Wege. Die Wege führen aus deinem Gehirn überallhin in deinen Körper. Das Gehirn schickt seine Botschaften über diese Wege.

Die verschiedenen Teile deines Körpers benutzen diese Wege ebenfalls. Sie schicken auf ihnen Botschaften zurück an das Gehirn. So weiß das Gehirn, was überall in deinem Körper passiert.
Zieh einen Schuh und den Strumpf aus. Sofort schickt dein Fuß eine Botschaft an das Gehirn. ,,Ich friere'', sagt er.
Das Gehirn schickt eine Botschaft an deine Hände: ,,Zieh den Socken und den Schuh wieder an. Dein Fuß friert.''

Dann sendet das Gehirn Botschaften an die Muskeln deiner Hände, wie sie Socken und Schuh wieder anziehen müssen.

Dein Gehirn denkt, und es empfindet auch.

Denken bedeutet vielerlei.
Denken bedeutet, sich zu erinnern.
Wenn du ein Haus aus Klötzen baust, erinnert sich das Gehirn, wie du es beim letzten Mal gemacht hast.
Denken bedeutet, neue Wege zu finden. Wenn du aus den Klötzen ein anderes Haus bauen willst, entdeckt dein Gehirn die neuen Wege.
Denken bedeutet zu überlegen.
Wenn du nicht genügend Klötze für das Haus hast, das du willst, überlegt dein Gehirn, wie du die Klötze gebrauchen mußt, die du hast.

Auch empfinden bedeutet eine Menge verschiedener Dinge.
Empfinden bedeutet, glücklich zu sein, weil du das tust, was du möchtest. Wenn du dich glücklich fühlst, möchtest du lachen. Empfinden bedeutet, wütend zu sein, weil jemand dich nicht das tun läßt, was du willst. Wenn du wütend bist, möchtest du schreien und aufstampfen.

Empfinden bedeutet, ängstlich zu sein, weil jemand, den du brauchst, nicht da ist. Wenn du dich ängstlich fühlst, möchtest du weinen.

Du kannst Gefühle selbst hervorrufen, indem du daran denkst.

Hungrig

Ängstlich

Mach dir in deinem Kopf ein Bild von dir selbst.
Stell dir vor, du kommst vom Spielen nach Hause.
Du bist hungrig.
Denk daran, wie groß dein Hunger ist.
Kannst du deinen leeren Magen fühlen?
Kannst du fühlen, wie dir das Wasser im Mund zusammenläuft, beim Gedanken an das Essen, das du gleich bekommen wirst?

Jetzt stell dir vor, du bist in deinem Zimmer.
Deine Mutter ist nicht zu Hause.
Wo ist sie?
Suche nach ihr.
Die Zimmer sind ruhig und leer.
Langsam bekommst du Angst.

Fühl, wie die Angst in dir hochkommt.
In deinem Magen sitzt ein Gefühl von Kälte.
In deinen Knien fühlst du ein Zittern. Das Gefühl der Angst breitet sich in deinem ganzen Körper aus, weil deine Mutter nicht zu Hause ist.

erleichtert zornig glücklich

Jetzt stell dir etwas anderes vor:
Deine Mutter kommt ins Zimmer.

Sie ist nur für einen Augenblick nach nebenan gegangen.
Sie wollte dich nicht erschrecken.

Was empfindest du jetzt?
Kannst du spüren, wie ein Zorngefühl in dir hochkommt?
Es war sehr ungezogen von ihr, fortzugehen und dich allein zu lassen, so daß du Angst bekommst.

Du bist sehr, sehr zornig.
Du stampfst mit dem Fuß und schreist sie an.
Du fühlst dich ganz elend.

Stell dir vor, deine Mutter nimmt dich in die Arme, gibt dir einen Kuß und sagt, daß es ihr leid tut. Jetzt kannst du spüren, wie das glückliche Gefühl, jemanden gern zu haben, zurückkommt. Sie ist wieder da, und du fühlst dich geborgen. Es ist ein gutes Gefühl.

Dein Gehirn hat all diese Gefühle selbst hervorgerufen. Nur weil du daran gedacht hast.

Selbst wenn du müde bist und fest schläfst, arbeitet dein Gehirn weiter. Es malt Schlaf-Bilder in deinem Kopf.
Das sind die Träume.
So ein Gehirn ist schon eine tolle Sache!

Haut, Haare und Nägel

Was an deinem Körper ist am größten?
Deine Haut.
Sie bedeckt jedes Fleckchen an dir.

Sie schützt dich vor Bakterien.
Bakterien können durch die Haut nicht in deinen Körper eindringen, es sei denn, sie ist verletzt.
Sie hält alles, was wichtig ist in dir, sicher und warm.

Dein Körper enthält sehr viel Wasser. Wenn du nicht so eine ordentlich dicke Haut zum Schutz hättest, würde alles auslaufen. Dann wärst du so ausgetrocknet und hart und verschrumpelt wie eine alte Bohne.

Die Haut verhindert auch, daß Wasser von draußen hereinkommt. Wenn zu viel hereinkäme, vom Regen oder vom Baden, wärst du quietschnaß wie ein vollgesogener Schwamm.

Deine Haut sorgt für sich selbst.
Sie muß glatt und weich und elastisch sein.
Daher macht sie sich glättendes, pflegendes Öl in den winzigen Löchern, die man Poren nennt.

Betrachte deine Haut durch ein Vergrößerungsglas. Dann kannst du die Poren sehen. Das Öl verteilt sich sehr dünn über die ganze Haut. Es hält Schmutz und Staub fest.
Deshalb mußt du dich so oft waschen.
Wenn du das alte, schmutzige Öl abgewaschen hast, bildet sich neues.

Überall auf deiner Haut wachsen Haare, außer auf deinen Fußsohlen und deinen Handflächen.
An einigen Stellen wächst das Haar sehr dicht und ist gut zu sehen.
Zum Beispiel auf deinem Kopf.
An anderen Stellen sind die Haare so dünn und kurz, daß du ganz genau hinsehen mußt.
Zum Beispiel auf deinen Armen und Beinen.

Warum sind die Haare auf deinem Körper?
Sie sind ein Überbleibsel!
Vor vielen Millionen Jahren ähnelten die Menschenwesen mehr den Tieren als den heutigen Menschen. Auf der Haut hatten sie ein dichtes, haariges Fell. Dann wurden die Menschen langsam immer glatter. Jedes Neugeborene hatte weniger Haare als sein Vater und seine Mutter.

Heute haben die meisten Menschen nur noch an wenigen Stellen dichtes Haar auf dem Körper. Aber sie haben immer noch die kleinen Muskeln, die das einzelne Haar aufrichten können.

Die Tiere müssen das können.
Wenn eine Katze friert, stellt sie jedes Haar hoch. Das hält die warme Luft dicht an ihrem Körper, und ihr ist wärmer.

Wenn ein Hund vor einem anderen Tier Angst hat, stellt er jedes Haar hoch. Das läßt ihn viel größer und drohender aussehen, und er verjagt so das Tier, vor dem er Angst hat.

Deshalb bekommen die Menschen, wenn sie frieren oder sich fürchten, überall kleine Höcker. Das nennt man Gänsehaut. Die Haut hat sich daran erinnert, daß die Menschen einmal vor Millionen von Jahren das getan haben, was die Tiere tun, die ein Fell haben. Und deswegen geschieht das immer noch.

Haut kommt in vielen verschiedenen Farben vor. Sie kann fast weiß oder blaß rosa sein, gelblich oder schokoladenbraun oder tiefschwarz.

Warum kommt Haut in verschiedenen Farben vor?

Alles wegen der Sonne.
Wenn die Sonne sehr stark auf die blasse Haut der Menschen scheint, kann sie ihnen weh tun und sie verbrennen. Daher schützt sich die Haut.
Sie wird braun.
Man nennt das Sonnenbräune.

Manche Leute bekommen von der Sonne nur kleine braune Flecken. Das sind Sommersprossen.

Vor vielen Millionen Jahren, als die Menschen Menschen wurden und keine Tiere mehr waren, lebten sie in verschiedenen Teilen der Erde.
Sie verreisten nicht.
Sie blieben immer am gleichen Ort.

In einigen Ländern war es sehr, sehr heiß, die Sonne brannte.
In einigen Ländern war es sehr, sehr kalt, und die Sonne schien kaum.
Und dazwischen gab es viele Orte, wo die Sonne mittelstark schien.

Die Menschen, die in den sehr heißen Ländern lebten, wurden von der Sonne ganz dunkel. Nur diejenigen, deren Haut dunkelbraun oder schwarz werden konnte, überlebten. Sie waren die einzigen, die groß wurden und Kinder hatten. So kommen die schwarzen und dunkelbraunen Menschen aus den heißen Ländern der Erde.

Die Menschen, die in sehr kalten Ländern lebten, wurden überhaupt nicht braun. Sie wurden alle groß und hatten Kinder, die so blaß waren wie sie selbst. So kommen die blassen Menschen aus den kalten Ländern der Erde.

Die Menschen mit einer Hautfarbe dazwischen kommen aus den Ländern dazwischen.

Heute reisen die Menschen in der Welt umher und leben gern an verschiedenen Orten. Deshalb siehst du, daß blasse und schwarze und braune Menschen in allen Teilen der Welt leben.

Betrachte die Enden deiner Finger und Zehen. Die Nägel, die du da siehst, sind nicht aus Eisen wie die Nägel, die du in ein Brett schlägst. Sie bestehen aus Haut!

Haut kann sehr hart werden und ganz dick. Dann kann man sie zum Arbeiten gebrauchen.

Fingernägel sind für viele Arbeiten nützlich, wie Schneiden, Kratzen und Graben. Vor langer Zeit, noch bevor die Menschen mit ihrem Verstand Werkzeuge wie Messer und Spaten erfunden hatten, besaßen sie nur ihre Nägel, um damit zu arbeiten.

Deshalb haben wir immer noch Nägel. Sie sind Überbleibsel aus vergangenen Tagen wie die Haare auf unseren Armen.

Auch Zehennägel sind Überbleibsel aus der Zeit, als die Füße der Menschen noch genauso vielfältig gebraucht wurden wie die Hände. Sieh dir die Affen im Zoo an, wenn du das nächste Mal hingehst. Ihre Füße sind wie Hände.

So war es auch bei uns Menschen, viele Millionen Jahre bevor du auf die Welt kamst.

Wachsen, Großwerden und Kinderkriegen

Kinder sind die Väter und Mütter von Erwachsenen. Das hört sich komisch an, nicht wahr? Was steckt in diesem Satz?

Er bedeutet, daß Kinder wachsen und groß werden und dann eines Tages selbst erwachsen sind und Kinder in die Welt setzen können.

Wie werden Kinder zu Erwachsenen, die Kinder zeugen können?

Zuerst einmal muß der Körper wachsen. Die Knochen müssen kräftiger, die Muskeln stärker, das Herz größer und die Arme und Beine länger werden.

Wie geschieht das?
Deine Knochen und Muskeln, jeder Teil deines Körpers besteht aus winzigen Bausteinen, den Zellen. Wenn die Zellen durch das Blut genügend Nahrung und Luft bekommen, wachsen und wachsen sie.
Bald sind sie doppelt so groß wie vorher.
Dann teilen sie sich in zwei Hälften, und es werden zwei neue Bausteine daraus. Diese zwei wachsen, teilen sich und werden zu vier Zellen. Die vier werden zu acht, die acht zu sechzehn . . .
Und immer so weiter, bis das kleine Kind fast erwachsen ist.

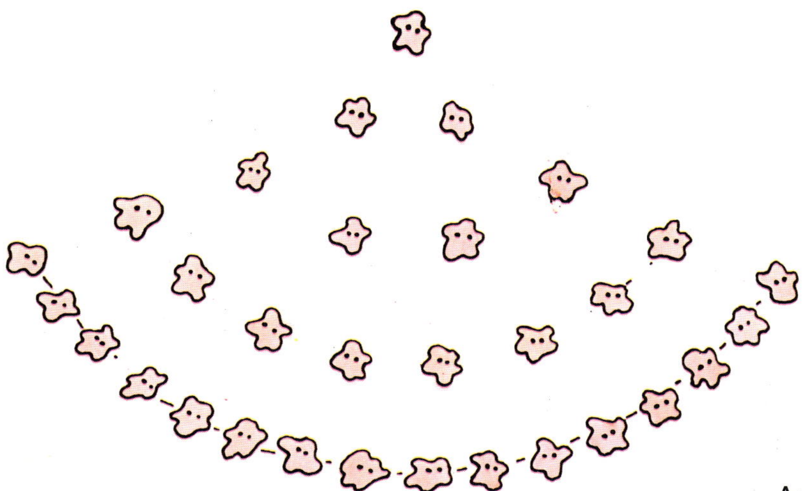

So wird alles an dir größer,
und du selbst wirst immer größer.

Wenn Jungen und Mädchen fast erwachsen sind, beginnt etwas Wichtiges bei ihnen zu wachsen. Das, womit sie selbst Kinder zeugen können.

Tief in seinem Bauch und sicher verborgen hat jedes Mädchen einen Vorrat an winzigen Eiern. Wenn das Mädchen eine Frau geworden ist, können Babys daraus werden.

Aber aus den Eiern können nicht von selbst Babys werden.
Sie müssen sich mit dem Samen des Mannes verbinden, bevor sie das können.

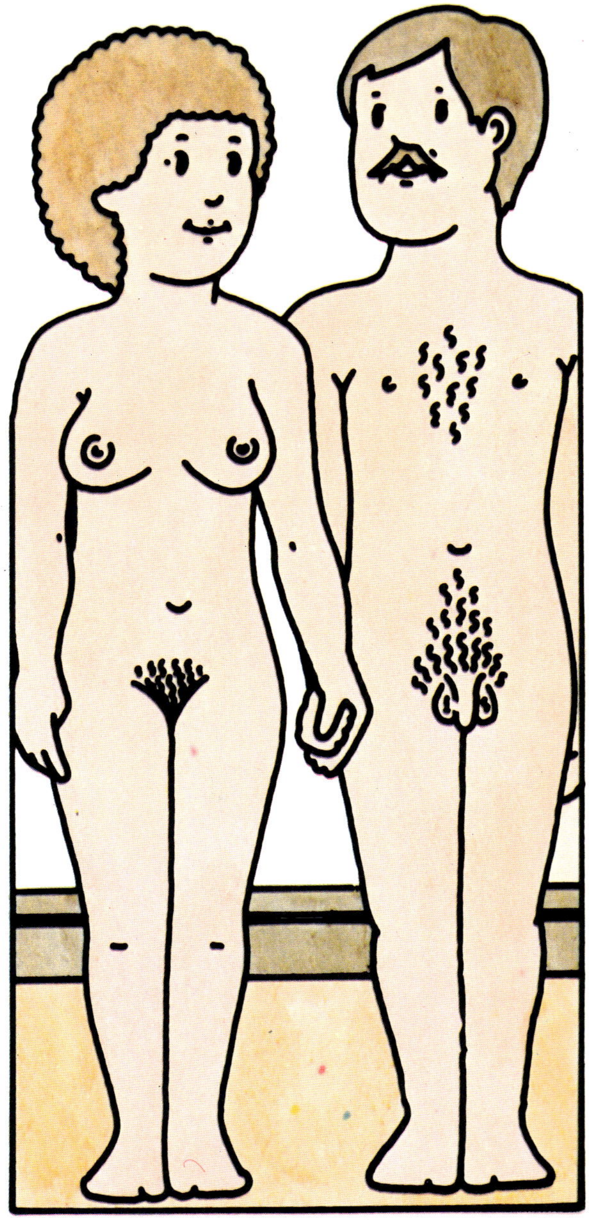

Außer den Eiern hat jede Frau in ihrem Bauch einen Platz, wo ein Baby heranwachsen kann, die Gebärmutter.
Zwischen den Beinen ist der Eingang zur Gebärmutter, die Scheide.
Der Frau wachsen auch runde, weiche Brüste.
Darin entsteht Milch, um das Baby zu nähren.
Das Baby kuschelt sich an die weiche, warme Brust der Mutter. Das mögen Babys und kleine Kinder gern.

Jungen haben auch etwas zum Kinderzeugen.
Zwischen den Beinen haben sie kleine, runde Bälle, die Hoden.
Darin wachsen die Samen zum Kinderzeugen.
Die Hoden werden größer, wenn der Junge wächst.
Jungen haben außerdem einen Penis, den sie zum Pinkeln benutzen. Auch der wird größer.

Der Penis bekommt noch eine andere Aufgabe, wenn der Junge ein Mann geworden ist. Er muß die Samen des Mannes bei der Frau dorthin bringen, wo die Eier sind. Nur wenn ein Ei und ein Samen zusammenkommen, kann daraus ein Baby entstehen.

Das geschieht so:

Wenn ein Mann und eine Frau ein Baby haben möchten, hängt der Penis des Mannes nicht mehr schlaff herunter. Er steht aufrecht.

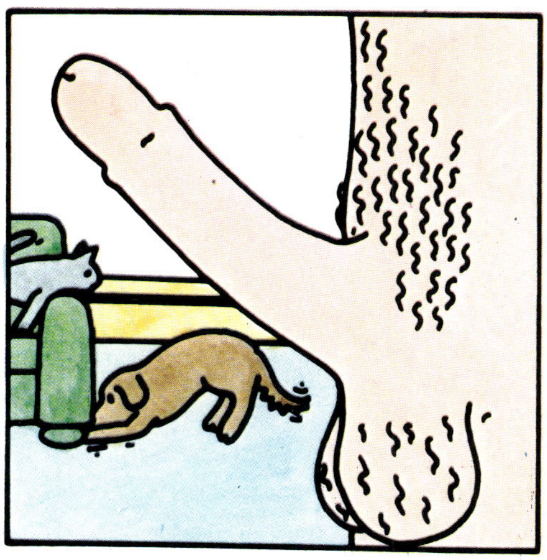

Das ist eine besondere Art der Erwachsenen, sich sehr lieb zu haben. Sie mögen es, sich so eng zu umarmen.

Der Samen kommt aus dem Penis des Mannes und wandert bei der Frau zu dem Ei. Der Samen des Mannes heißt Sperma, er kann schwimmen. Ein kleiner biegsamer Schwanz hilft ihm dabei. Wenn ein Sperma auf das Ei stößt, vereinen sie sich, fangen an zu wachsen und sich zu verändern. Das dauert sehr, sehr lange.

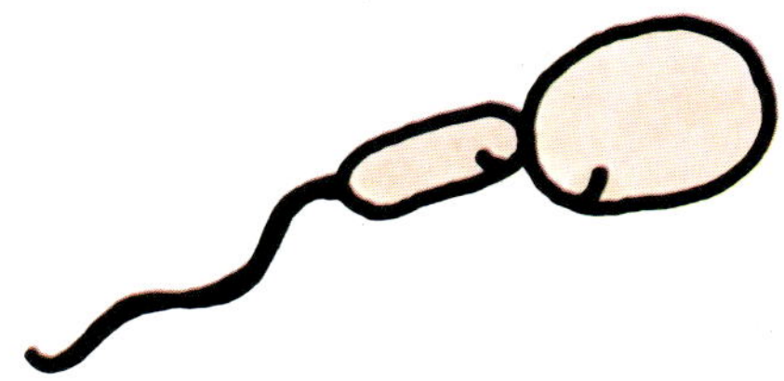

Dann kann er ihn bei der Frau sanft in die Scheide stecken.

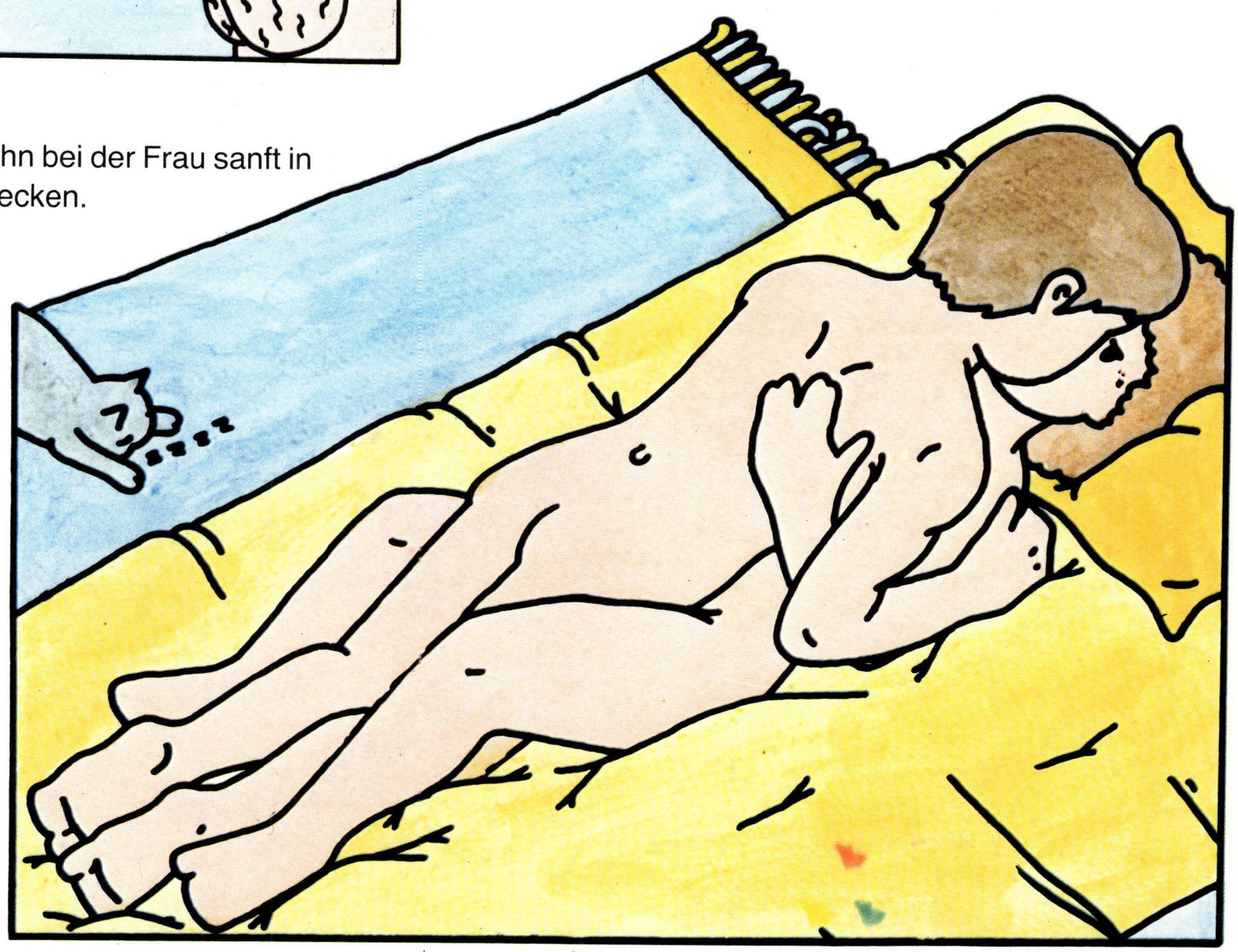

Beinahe so lange wie von einem Geburtstag zum nächsten.

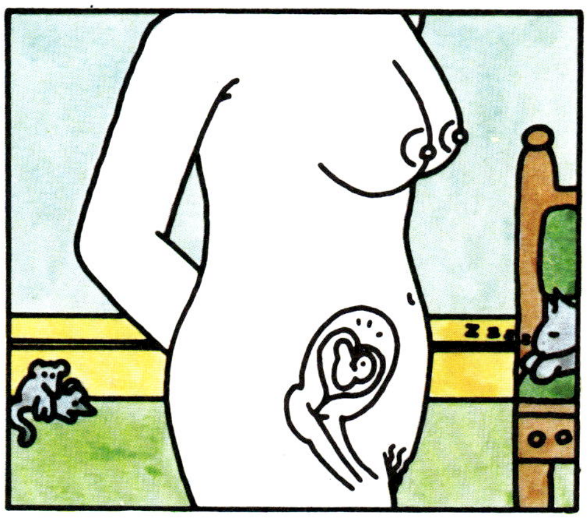

Das Baby wird größer . . .

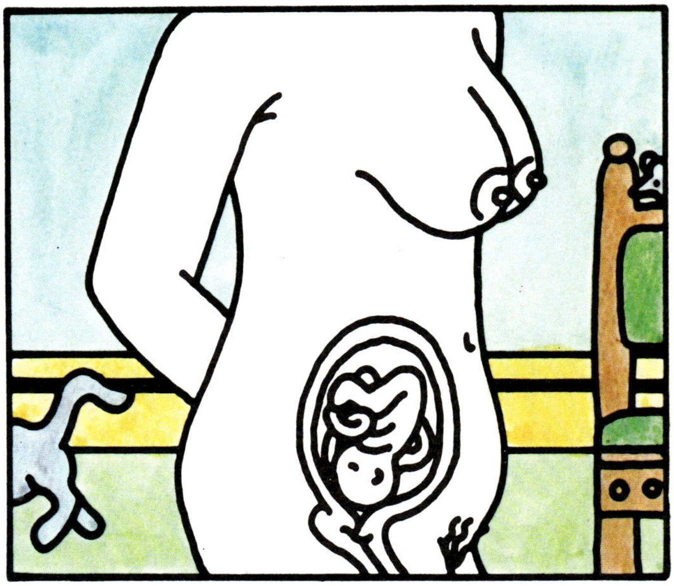

. . . und größer . . .

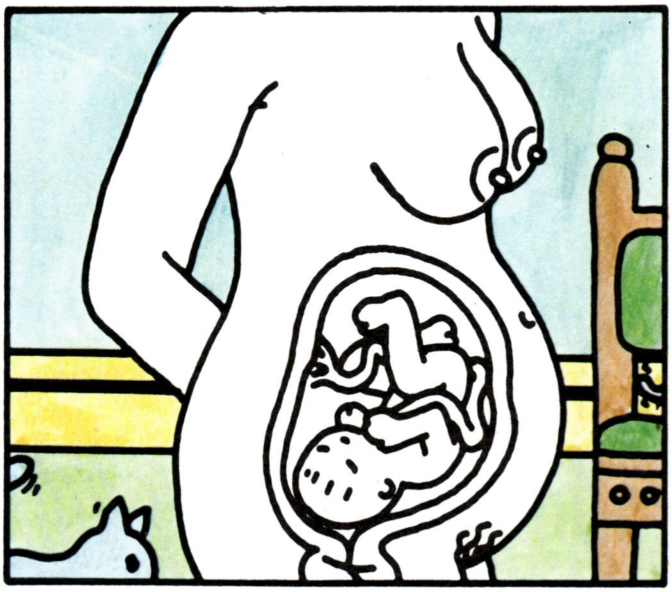

. . . und größer

. . . bis es schließlich groß genug ist, um aus eigener Kraft und außerhalb des Körpers seiner Mutter zu leben.

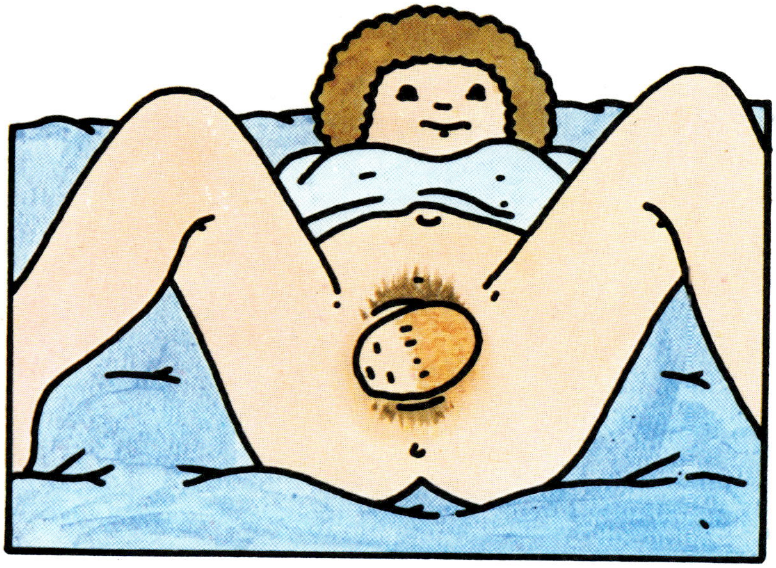

Nachdem das Baby geboren ist, nimmt die Mutter es an ihre Brust und steckt ihm die weiche Spitze in den Mund. Da kann es saugen und die Milch herausholen, die in den Brüsten ist.

Mütter tun das gern.
Sie fühlen sich wohl dabei.
Babys tun das gern.
Auch sie fühlen sich wohl dabei.

Für eine Mutter ist es anstrengend, ihrem Baby beim Herauskommen zu helfen.
Bei der Geburt des Kindes wird ihre Scheide ganz weit gedehnt, und das tut der Mutter weh.
Aber die Anstrengung lohnt sich, denn ein kleines Baby in der Familie zu haben, macht sehr viel Freude.

Njam!

Das neue Baby ist aus dem Ei seiner Mutter und dem Samen seines Vaters entstanden. Deshalb ist es eine Mischung aus beiden.
Auch ein Junge ist zur Hälfte wie seine Mutter.
Auch ein Mädchen ist zur Hälfte wie sein Vater.
Und weil die Mütter und Väter ebenfalls wie ihre Mütter und Väter sind, ist ein neues Baby zu einem Viertel wie seine Großeltern!

Es kann die Nase von der einen und die Augenfarbe von der anderen Großmutter haben. Es kann lockiges Haar wie der Vater oder braunes Haar wie die Mutter haben.

Schau dir deinen Vater und deine Mutter an und deine Großmütter und Großväter, wenn es geht. Vergleiche, was bei euch übereinstimmt.

Eines Tages wirst auch du Kinder haben, und sie werden aussehen wie du und wie deine Mutter und dein Vater und wie deine Großeltern und sogar wie deine Urgroßeltern.

Und eines Tages wirst du selber Großvater oder Großmutter sein.

Stell dir das vor!

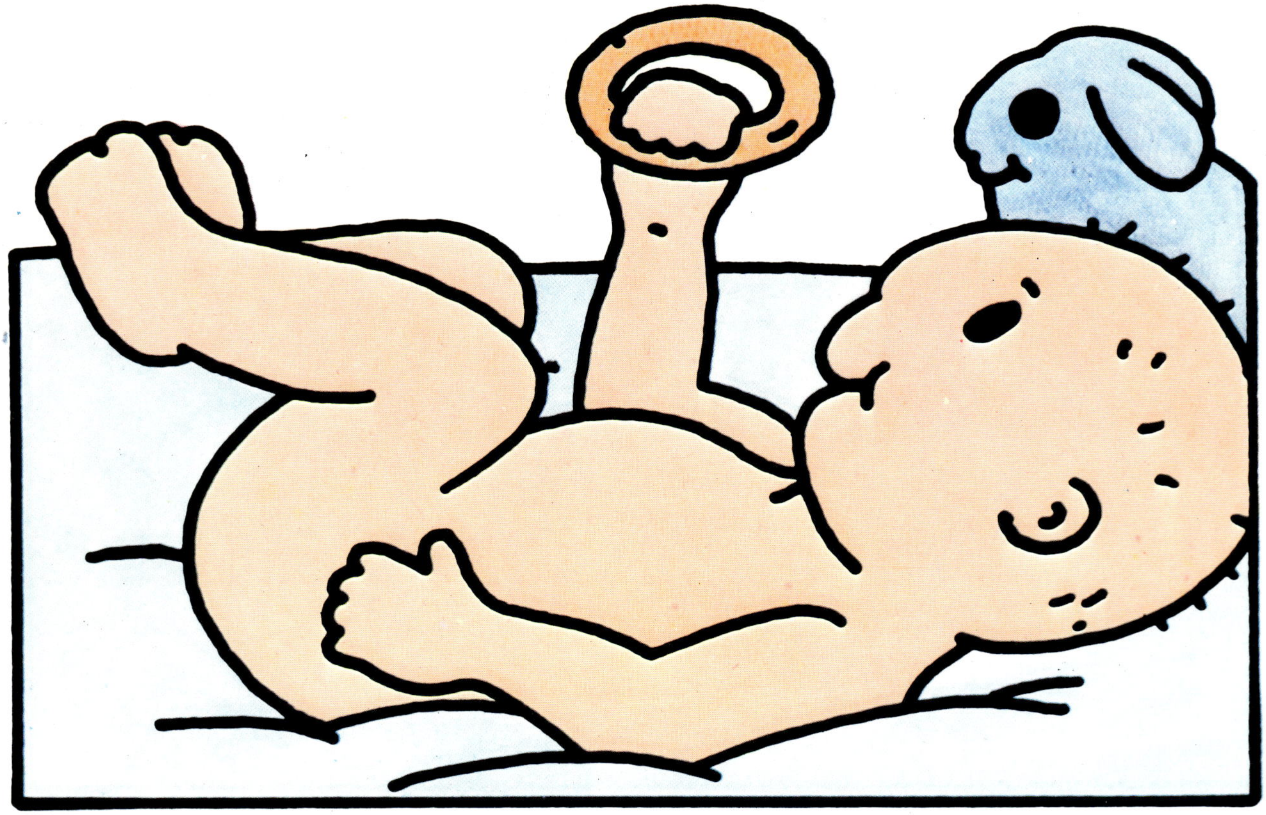

Altwerden und Sterben

Niemand und nichts besteht ewig.
Blumen sind zuerst kleine Samenkörner. Sie wachsen zu Sprößlingen heran, bekommen Knospen, aus denen Blüten werden. Dann verwelkt die Blume, und die Blütenblätter fallen ab. Die Blätter verdorren und die Pflanze stirbt. Aber aus den Samen, die sie gebildet hat, wachsen neue Blumen.

Die Menschen sind zuerst kleine Samen.
Dann werden sie zu Babys, aus den Babys werden Kinder, aus den Kindern werden Erwachsene.
Dann zeugen sie neue Menschen. Hören sie auf zu wachsen, wenn sie erwachsen sind und neue Menschen gezeugt haben?
Sie hören auf zu wachsen, aber sie hören nicht auf, sich zu verändern.

Alte Menschen unterscheiden sich von jungen.
Ihre Muskeln eignen sich nicht mehr so gut, Kraft zu speichern. Alte Menschen müssen daher langsamer gehen und brauchen manchmal einen Stock, um ihren Muskeln zu helfen und sich aufrecht zu halten.

Ihre Haut kann sich nicht mehr so gut glatt halten und wird runzlig.

Ihr Haar wächst nicht mehr so gut, deshalb wird es dünn und verliert seine Farbe.
Manchmal hört es ganz zu wachsen auf.

Manchmal hören ihre Ohren nicht mehr so gut, und man muß lauter mit ihnen reden.

Ihr Gehirn kann immer noch gut denken und empfinden und Botschaften schicken, aber sie ermüden schneller.
Daher machen alte Leute tagsüber gern ein Nickerchen, damit sich das Gehirn nach all der Arbeit ausruhen kann.

Viele, viele Jahre, nachdem ihre Kinder schon erwachsen sind, werden Menschen, die alt sind, schrecklich müde.
Ihr Herz wird müde, wie eine Trommel zu schlagen.
Ihre Muskeln werden müde, Kraft zu speichern.
Ihr Gehirn wird müde, zu denken und zu empfinden.
Für den alten Menschen ist die Zeit gekommen zu sterben.

Und sie sterben.

Alle Teile ihres Körpers hören langsam auf zu arbeiten. Sie können nicht mehr sehen oder fühlen oder denken oder sonst etwas tun.

Es ist ein sehr friedvoller Zustand.

Manchmal werden Menschen sehr krank, und ihr Körper wird sterbensmüde, bevor sie alt sind.
Manchmal sterben sogar Babys.
Aber das ist ungewöhnlich.
Gewöhnlich sind es alte Leute, die sterben.

Wenn jemand stirbt, sind meistens alle in der Familie traurig. Sie vermissen ihn, weil sie nicht mehr mit ihm sprechen und zusammensein können. Daher weinen sie.
Erwachsene können genauso weinen wie Kinder.

Wenn jemand gestorben ist, braucht man den müden, verbrauchten Körper nicht mehr.
Man begräbt ihn deshalb in der weichen Erde.
Alle in der Familie sagen dem toten Körper, der in die Erde gelegt wird, auf Wiedersehen.

Das ist eine Beerdigung.

Bei einer Beerdigung legen die Leute Blumen auf die Stelle, wo der Tote beerdigt ist. Sie sind ein Geschenk zum Abschied.
Langsam sterben auch die Blumen.
Sie verwelken, werden braun und zerfallen.
Die vielen winzigen Stückchen der Blumen und ihrer Blätter vermischen sich mit der Erde, und werden zu neuer Erde.

Das gleiche geschieht mit dem Toten.
Auch er wird zu neuer Erde.

Neue Erde braucht man, damit darauf Blumen und Gemüse wachsen können und Gras, mit dem man die Tiere füttert. Tiere braucht man, damit sie Milch, Eier und Fleisch geben, die zu dem Gemüse passen. All diese Nahrungsmittel entstammen der Erde, was sehr nützlich ist, denn der Mensch entsteht aus Nahrung.

So werden die toten Menschen auf sehr hilfreiche Weise zu einem Teil der neuen Menschen.

Das ist nicht die einzige Art, wie tote Menschen zu einem Teil von neuen Menschen werden.

Ihre Gefühle und Erinnerungen können zu einem Teil der Gefühle und Erinnerungen eines Kindes werden.

Viel von dem, was du von deinem Vater und deiner Mutter gelernt hast, haben diese von ihrem Vater und ihrer Mutter gelernt, die deine Großeltern waren.

Und das, was deine Großeltern von ihrem Vater und ihrer Mutter gelernt haben, kam von den Großeltern deiner Eltern.

Eines Tages, wenn du erwachsen bist und Kinder hast, wirst du sie das lehren, was du gelernt hast. Und deine Kinder werden aufwachsen und ihre Kinder, die deine Enkel sein werden, das lehren, was sie gelernt haben.

Das bedeutet, daß vieles von dem, was du heute lernst und fühlst und weißt, aus ganz alter Zeit stammt und Jahr für Jahr fortbesteht.

Obwohl also niemand und nichts ewig besteht – tut es doch jeder!